Les plus belles chansons

Illustré par Claudine
et Roland Sabatier

Gallimard Jeunesse

ISBN : 2-07-051686-5
© Éditions Gallimard Jeunesse, 1984,
1997 pour la présente édition
Numéro d'édition : 83598
Loi n° 49-956 du 16 juillet 1949
sur les publications destinées à la jeunesse
Dépôt légal : novembre 1997
© Christiane Schneider und Tabu Verlag Gmbh, München
pour le design de la couverture
Imprimé en Italie par la Editoriale Libraria

Le bon roi Dagobert

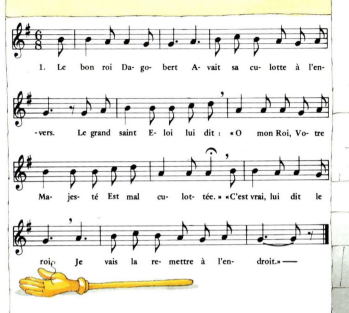

Le bon roi Dagobert
Avait sa culotte à l'envers.
Le grand saint Éloi lui dit :
« O mon Roi, Votre Majesté
Est mal culottée. »
« C'est vrai, lui dit le roi,
Je vais la remettre à l'endroit. »

Le bon roi Dagobert
Chassait dans la plaine d'Anvers.
Le grand saint Éloi lui dit :
« O mon Roi, Votre Majesté
Est bien essoufflée. »
« C'est vrai, lui dit le roi,
Un lapin courait après moi. »

Dagobert Ier, né en l'an 602, mourut en 638, après avoir régné 16 ans sur les Francs. Pacifique de nature, il se vit contraint de faire la guerre et lutta

Le bon roi Dagobert

*contre les Slaves,
les Basques,
les Bretons et
les Bulgares.
Le « bon » roi se
montra tour à tour
généreux et cruel.
Il fut toujours
intelligemment
conseillé par son
ministre saint Éloi.
La chanson
burlesque qui fut
composée sur ces*

Le bon roi Dagobert
Voulait s'embarquer sur la mer.
Le grand saint Éloi lui dit :
« Ô mon Roi, Votre Majesté
Se fera noyer. »
« C'est vrai, lui dit le roi,
On pourra crier : le roi boit ! »

Le bon roi Dagobert
Mangeait en glouton du dessert.
Le grand saint Éloi lui dit :
« Ô mon Roi, vous êtes gourmand,
Ne mangez pas tant. »
« C'est vrai, lui dit le roi,
Je ne le suis pas tant que toi. »

Le bon roi Dagobert
Avait un grand sabre de fer.
Le grand saint Éloi lui dit :
« Ô mon Roi, Votre Majesté
Pourrait se blesser. »
« C'est vrai, lui dit le roi,
Qu'on me donne un sabre de bois. »

Le bon roi Dagobert
Faisait des vers tout de travers.
Le grand saint Éloi lui dit :
« Ô mon Roi, laissez aux oisons*
Faire des chansons. »
« C'est vrai, lui dit le roi,
C'est toi qui les feras pour moi. »

*oison = homme très borné.

Le bon roi Dagobert

Le bon roi Dagobert
Avait sa culotte à l'envers.
Le grand saint Éloi lui dit :
« O mon Roi, Votre Majesté
Est mal culottée. »
« C'est vrai, lui dit le roi,
Je vais la remettre à l'endroit. »

Le bon roi Dagobert
Chassait dans la plaine d'Anvers.
Le grand saint Éloi lui dit :
« O mon Roi, Votre Majesté
Est bien essouflée. »
« C'est vrai, lui dit le roi,
Un lapin courait après moi. »

Dagobert Ier, né en l'an 602, mourut en 638, après avoir régné 16 ans sur les Francs. Pacifique de nature, il se vit contraint de faire la guerre et lutta

Le bon roi Dagobert

contre les Slaves, les Basques, les Bretons et les Bulgares. Le « bon » roi se montra tour à tour généreux et cruel. Il fut toujours intelligemment conseillé par son ministre saint Éloi. La chanson burlesque qui fut composée sur ces

Le bon roi Dagobert
Voulait s'embarquer sur la mer.
Le grand saint Éloi lui dit :
« O mon Roi, Votre Majesté
Se fera noyer. »
« C'est vrai, lui dit le roi,
On pourra crier : le roi boit !»

Le bon roi Dagobert
Mangeait en glouton du dessert.
Le grand saint Éloi lui dit :
« O mon Roi, vous êtes gourmand,
Ne mangez pas tant. »
« C'est vrai, lui dit le roi,
Je ne le suis pas tant que toi. »

Le bon roi Dagobert
Avait un grand sabre de fer.
Le grand saint Éloi lui dit :
« O mon Roi, Votre Majesté
Pourrait se blesser. »
« C'est vrai, lui dit le roi,
Qu'on me donne un sabre de bois. »

Le bon roi Dagobert
Faisait des vers tout de travers.
Le grand saint Éloi lui dit :
« O mon Roi, laissez aux oisons*
Faire des chansons. »
« C'est vrai, lui dit le roi,
C'est toi qui les feras pour moi. »

* oison = homme très borné.

Le bon roi Dagobert
Craignait fort d'aller en enfer.
Le grand saint Éloi lui dit :
« O mon Roi, je crois bien, ma foi
Que vous irez tout droit. »
« C'est vrai, lui dit le roi,
Ne peux-tu pas prier pour moi ? »

Quand Dagobert mourut
Le Diable aussitôt accourut.
Le grand saint Éloi lui dit
« O mon Roi, satan va passer
Faut vous confesser. »
« Hélas ! lui dit le roi,
Ne pourrais-tu pas mourir pour moi ? »

deux personnages date de 1750, mais ne devint à la mode en Île-de-France que vers 1814, au moment de la Première restauration : à travers ces paroles les royalistes se moquaient de Napoléon Ier *qui la fit interdire lors des Cent Jours.*

Savez-vous planter les choux

Le chou était, bien avant la pomme de terre, le principal légume dont se nourrissaient nos ancêtres. D'où le succès de cette ancienne ronde.

Savez-vous planter les choux,
A la mode, à la mode,
Savez-vous planter les choux,
A la mode de chez nous ?

On les plante avec le doigt,
A la mode, à la mode,
On les plante avec le doigt,
A la mode de chez nous.

On les plante avec le pied.

On les plante avec le genou.

On les plante avec le coude.

On les plante avec le nez.

On les plante avec la tête.

Le pont d'Avignon

Refrain
Sur le pont d'Avignon,
On y danse, on y danse,
Sur le pont d'Avignon,
On y danse, tout en rond.

Les bell's dam's font comm' ça,
Et puis encor' comm' ça.

Les beaux messieurs font comm' ça,
Et puis encor' comm' ça.

Les cordonniers font comm' ça,
Et puis encor' comm' ça.

Les blanchisseuses font comm' ça,
Et puis encor' comm' ça.

Le pont d'Avignon a été construit au XIIe siècle. La chanson-danse qui le célèbre est très ancienne.

Frère Jacques

Canon à quatre voix
Première voix

Frè - re   Jac - ques,

Deuxième voix

Dor - mez   vous ?

Troisième voix

Son - nez les ma - ti - nes !

Quatrième voix

Dig,   ding,   dong !

Ce canon à quatre voix a certainement été composé au XVIIe siècle.

Frère Jacques, *(bis)*
Dormez-vous ? *(bis)*
Sonnez les matines ! *(bis)*
Dig, ding, dong ! *(bis)*

Meunier, tu dors

Meu- nier, tu dors, Ton mou- lin, ton mou-lin Va trop vi- te, Meu- nier, tu dors, Ton mou-lin, ton mou- lin Va trop fort. Ton moulin, ton mou-lin Va trop vi- te, Ton moulin, ton moulin Va trop fort. Ton moulin, ton mou-lin Va trop vi-te, Ton moulin, ton moulin Va trop fort.

Meunier, tu dors,
Ton moulin, ton moulin
Va trop vite,
Meunier, tu dors,
Ton moulin, ton moulin
Va trop fort.
Ton moulin, ton moulin
Va trop vite,
Ton moulin, ton moulin
Va trop fort. *(bis)*

Cette malicieuse berceuse moderne n'a que quelques dizaines d'années.

Au clair de la lune

On attribue généralement la musique de cette chanson populaire à Jean-Baptiste Lulli, né à Florence en 1632. Lulli vécut toute sa vie en France, et créa l'opéra de style français. Au clair de la lune *est très certainement la plus célèbre des chansons enfantines. Sa mélodie a même été reprise dans plusieurs opéras.*

Au clair de la lune,
Mon ami Pierrot,
Prête-moi ta plume
Pour écrire un mot.
Ma chandelle est morte,
Je n'ai plus de feu,
Ouvre-moi ta porte,
Pour l'amour de Dieu.

Au clair de la lune,
Pierrot répondit :
- Je n'ai pas de plume,
Je suis dans mon lit.
Va chez la voisine,
Je crois qu'il y est,
Car dans sa cuisine
On bat le briquet.

Au clair de la lune,
On n'y voit qu'un peu :
On chercha la plume,
On chercha le feu.
En cherchant d'la sorte
Je n'sais c'qu'on trouva,
Mais j'sais que la porte
Sur eux se ferma.

Variante
Au clair de la lune
Pierrot se rendort.
Il rêve à la lune,
Son cœur bat bien fort ;
Car toujours si bonne
Pour l'enfant tout blanc,
La lune lui donne
Son croissant d'argent.

C'est la mèr' Michel

Cette chanson est à la mode depuis 1820. Mais si les paroles en sont relativement récentes, l'air est plus ancien puisqu'il avait servi à chanter, au XVIIe siècle, les louanges du Maréchal de Catinat, l'un des meilleurs capitaines

C'est la mèr' Michel qui a perdu son chat.
Qui crie par la fenêtr' à qui le lui rendra.
C'est le pèr' Lustucru qui lui a répondu :
Allez, la mèr' Michel, vot' chat n'est pas perdu.

Refrain
Sur l'air du tralala, *(bis)*
Sur l'air du tradéridéra,
Et tralala.

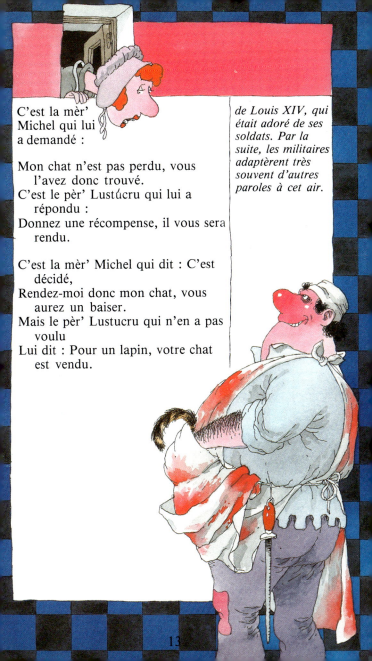

C'est la mèr' Michel qui lui a demandé :

Mon chat n'est pas perdu, vous l'avez donc trouvé.
C'est le pèr' Lustucru qui lui a répondu :
Donnez une récompense, il vous sera rendu.

C'est la mèr' Michel qui dit : C'est décidé,
Rendez-moi donc mon chat, vous aurez un baiser.
Mais le pèr' Lustucru qui n'en a pas voulu
Lui dit : Pour un lapin, votre chat est vendu.

de Louis XIV, qui était adoré de ses soldats. Par la suite, les militaires adaptèrent très souvent d'autres paroles à cet air.

Prom'nons-nous dans les bois

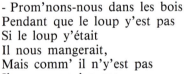

Tous
- Prom'nons-nous dans les bois
Pendant que le loup y'est pas
Si le loup y'était
Il nous mangerait,
Mais comm' il n'y'est pas
Il nous mang'ra pas.
Loup y'es-tu ?
Que fais-tu ?
Entends-tu ?

Le loup
- Je mets ma chemise.

Tous
- Prom'nons-nous dans les bois
Pendant que le loup y'est pas
Si le loup y'était
Il nous mangerait…

Le loup
- Je mets ma culotte !
- Je mets ma veste !
- Je mets mes chaussettes !
- Je mets mes bottes !
- Je mets mon chapeau !
- Je mets mes lunettes ! etc.
- Je prends mon fusil ! J'arrive.

Tous
- Sauvons-nous !

Une chanson-jeu, composée vers le XVIIe siècle.

Il était une bergère

Sous Louis XVI, les grands seigneurs et la reine Marie-Antoinette mirent

Il était une bergère,
Et ron et ron, petit patapon,
Il était une bergère
Qui gardait ses moutons,
Ron ron, qui gardait ses moutons.

Elle fit un fromage,
Et ron et ron, petit patapon,
Elle fit un fromage
Du lait de ses moutons,
Ron ron, du lait de ses moutons.

Le chat qui la regarde,
Et ron et ron, petit patapon,
Le chat qui la regarde
D'un petit air fripon,
Ron ron, d'un petit air fripon.

Si tu y mets la patte,
Et ron et ron, petit patapon,
Si tu y mets la patte
Tu auras du bâton,
Ron ron, tu auras du bâton.

Il n'y mit pas la patte,
Et ron et ron, petit patapon,
Il n'y mit pas la patte
Il y mit le menton,
Ron ron, il y mit le menton.

La bergère en colère,
Et ron et ron, petit patapon,
La bergère en colère
Battit le p'tit chaton,
Ron ron, battit le p'tit chaton.

à la mode l'élevage des moutons qu'ils ne dédaignaient pas de diriger eux-mêmes dans des bergeries bien proprettes. C'est de cette époque que nous vient cette amusante petite ronde, qu'on chantait plus à la Cour que dans les campagnes.

Alouette

Chanson à récapitulation, originaire du Canada.

Refrain
Alouette, gentille alouette,
Alouette, je te plumerai.

Je te plumerai la tête *(bis)*
Et la tête *(bis)*
Alouette *(bis)*
Ah !

Je te plumerai le bec *(bis)*
Et le bec *(bis)*
Et la tête *(bis)*
Alouette *(bis)*
Ah !

Je te plumerai les yeux.

Je te plumerai le cou.

Je te plumerai les ailes.

Je te plumerai les pattes.

Je te plumerai la queue.

Je te plumerai le dos.

Trois jeunes tambours

1. Trois jeunes tambours — s'en revenant de guerre, Trois jeunes tambours — s'en revenant de guerr' Et ri et ran, ran pa ta plan — S'en revenant de guerre.

Voilà une fraîche chanson de soldat, non dénuée de malice, en vogue dans les armées du roi Louis XV, vers 1760. A cette époque tout soldat rêvait de revêtir, un jour, le bel uniforme scintillant des galons des officiers, mais il rêvait aussi qu'un jour, sa jeunesse, et le bruit cadencé qu'il tirerait de son

Trois jeunes tambours s'en revenant de guerre *(bis)*
Et ri et ran, ran pa ta plan
S'en revenant de guerre.

Le plus jeune a dans sa bouche une rose *(bis)*
Et ri et ran, ran pa ta plan
Dans sa bouche une rose.

Fille du roi était à sa fenêtre.

Joli tambour, donne-moi donc ta rose !

Fille du roi, donne-moi donc ton cœur !

Joli tambour, demande-le à mon père !

Sire le roi, donnez-moi votre fille !

Joli tambour, tu n'es pas assez riche.

J'ai trois vaisseaux dessus la mer jolie.

L'un chargé d'or, l'autre de pierreries.

Et le troisième pour promener ma mie.

Joli tambour, dis-moi quel est ton père.

Sire le roi, c'est le roi d'Angleterre.

Joli tambour, tu auras donc ma fille.

Sire le roi, je vous en remercie.

Dans mon pays y en a de plus jolies.

instrument pour faire marcher son régiment attirerait le cœur d'une jolie princesse.

J'ai descendu dans mon jardin *(bis)*
Pour y cueillir du romarin.

Refrain
Gentil coqu'licot, Mesdames,
Gentil coqu'licot nouveau !

Pour y cueillir du romarin *(bis)*
J' n'en avais pas cueilli trois brins.

Qu'un rossignol vint sur ma main.

Il me dit trois mots en latin.

Que les homm's ils ne valent rien.

Et les garçons encor bien moins !

Des dames, il ne me dit rien.

Mais des d'moisell' beaucoup de bien.

C'est de Touraine - le jardin de la France - que nous vient cet air guilleret et ces paroles malicieuses, qui datent du règne de Louis XV. Ce dernier aimait passer ses loisirs dans les somptueux châteaux de la Loire où il dut entendre les gentils conseils du rossignol.

J'ai perdu le do de ma clarinette, *(bis)*
Ah ! si papa il savait ça, tralala, *(bis)*
Il dirait : Ohé ! *(bis)*
Tu n'connais pas la cadence,
Tu n'sais pas comment l'on danse,
Tu n'sais pas danser
Au pas cadencé.
Au pas, camarade, *(bis)*
Au pas, au pas, au pas
Au pas, camarade, *(bis)*
Au pas, au pas, au pas
Au pas, au pas.

Continuer avec toutes les notes de la gamme.

La clarinette, mise au point en Allemagne au XVIIIe siècle, ne fut pas toujours uniquement destinée à la musique de concert. Comme le laissent entendre les paroles de la chanson, on dansait autrefois au son de la clarinette. En effet, elle se répandit dans les campagnes au XIXe siècle lorsque se développèrent les harmonies de village où elle tenait sa place aux côtés des cuivres. Dans bien des régions de France, le clarinettiste interprétait les airs du folklore dans les noces et les fêtes de village au même titre que des musiciens plus traditionnels comme les joueurs de vielle, de cornemuse ou les violoneux.

Gouttelettes

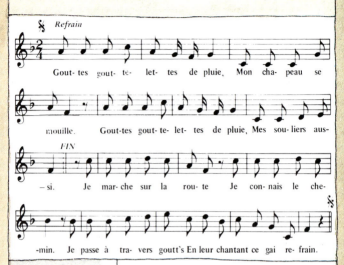

Refrain
Gouttes gouttelettes de pluie,
Mon chapeau se mouille.
Gouttes gouttelettes de pluie,
Mes souliers aussi.

Je marche sur la route
Je connais le chemin.
Je passe à travers goutt's
En leur chantant ce gai refrain.

Je marche dans la boue
J'en ai jusqu'au menton.
J'en ai même sur les joues
Et pourtant je fais attention.

Mais derrière les nuages
Le soleil s'est levé.
Il sèche le village,
Mon chapeau et mes souliers.

Dernier refrain
Gouttes gouttelettes de pluie,
Adieu les nuages.
Gouttes gouttelettes de pluie,
L'averse est finie.

Francine Cockenpot, l'auteur de cette chanson, née en 1918 a composé et écrit plus de 700 chansons. Certaines, comme Colchiques dans les prés, J'ai lié ma botte sont si connues qu'on les croit bien souvent issues du folklore traditionnel.

Ah ! mon beau château

L'air de cette chanson a été emprunté à un vaudeville (chanson satirique) datant du XVIIIe siècle. Les paroles évoquent une période plus ancienne, l'époque féodale durant laquelle nombre de seigneurs se livraient bataille pour défendre leur fief ou s'approprier celui du voisin. Sur cette chanson, les

Ah ! mon beau château,
Ma tant' tire lire lire,
Ah ! mon beau château,
Ma tant' tire lire lo.

Le nôtre est plus beau,
Ma tant' tire lire lire,
Le nôtre est plus beau,
Ma tant' tire lire lo.

Nous le détruirons.

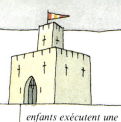

Comment ferez-vous ?

Nous prendrons vos filles.

Laquell' prendrez-vous ?

Celle que voici.

Que lui donn'rez-vous ?

De jolis bijoux.

Nous n'en voulons pas.

Autre version à partir de la cinquième strophe

A coups de canon.

Ou à coups d'bâton.

Nous le referons.

Encor' bien plus beau.

enfants exécutent une ronde qui traduit bien le sens des paroles : ils forment deux cercles concentriques tournant en sens inverse, chacun des cercles représentant un château. A la fin de chaque couplet, un enfant sort de l'une des deux rondes et va rejoindre l'autre. On chante la chanson jusqu'à ce qu'il ne reste plus qu'une ronde, autrement dit que l'un des deux château soit détruit.

Mon père m'a donné un mari

1. Mon pèr' m'a donné un mari, Mon Dieu quel homm', quel petit homme! Mon pèr' m'a donné un mari, Mon Dieu quel homm', qu'il est petit!

Cette chanson de maumariée, consacrée aux filles qu'on mariait souvent contre leur gré et qu'on surnommait les maumariées (mal mariéès) remonte au XVIIe s.. Ce genre relève bien souvent d'une tradition grivoise.

Mon père m'a donné un mari,
Mon Dieu, quel homme,
  quel petit homme !
Mon père m'a donné un mari
Mon Dieu, quel homme,
  qu'il est petit !

Je l'ai perdu dans mon grand lit,
Mon Dieu, quel homme,
  quel petit homme !
Je l'ai perdu dans mon grand lit
Mon Dieu, quel homme,
  qu'il est petit !

J'pris un'chandelle et le cherchis,
Mon Dieu, quel homme,
  quel petit homme !
J'pris un'chandelle et le cherchis,
Mon Dieu, quel homme,
  qu'il est petit !

A la paillasse le feu prit,
Mon Dieu, quel homme,
  quel petit homme !

A la paillasse le feu prit,
Mon Dieu, quel homme
  qu'il est petit !

Je trouvai mon mari rôti,
Mon Dieu, quel homme,
  quel petit homme !
Je trouvai mon mari rôti,
Mon Dieu, quel homme,
  qu'il est petit !

Sur une assiette je le mis,
Mon Dieu, quel homme,
  quel petit homme !
Sur une assiette je le mis,
Mon Dieu, quel homme,
  qu'il est petit !

Le chat l'a pris pour un'souris,
Mon Dieu, quel homme,
  quel petit homme !
Le chat l'a pris pour un'souris,
Mon Dieu, quel homme,
  qu'il est petit !

Au chat, au chat, c'est mon mari !
Mon Dieu, quel homme,
  quel petit homme !
Au chat, au chat, c'est mon mari,
Mon Dieu, quel homme,
  qu'il est petit !

Fillett' qui prenez un mari,
Mon Dieu, quel homme,
  quel petit homme !
Fillett' qui prenez un mari,
Mon Dieu, quel homme,
  qu'il est petit !

Ne le prenez pas si petit !
Mon Dieu, quel homme,
  quel petit homme !
Ne le prenez pas si petit,
Mon Dieu, quel homme,
  qu'il est petit !

Ah ! les Crocodiles

Un crocodile, s'en allant à la guerre,
Disait, au r'voir, à ses petits enfants,
Traînant ses pieds dans la poussière
Il s'en allait combattr' les éléphants.

Refrain
Ah ! les cro, cro, cro, les cro, cro, cro,
les crocodiles
Sur les bords du Nil, ils sont partis,
n'en parlons plus. *(bis)*

Il fredonnait une march' militaire,
Dont il mâchait les mots à grosses dents,
Quand il ouvrait la gueule tout entière,
On croyait voir ses ennemis dedans.

Il agitait sa grand' queue à l'arrière,
Comm' s'il était d'avance triomphant.
Les animaux devant sa mine altière,
Dans les forêts, s'enfuyaient tout tremblants.

Un éléphant parut : et sur la terre
Se prépara ce combat de géants.
Mais près de là, courait une rivière :
Le crocodil' s'y jeta subitement.

Et tout rempli d'un' crainte salutaire
S'en retourna vers ses petits enfants.
Notre éléphant, d'une trompe plus fière,
Voulut alors accompagner ce chant.

Les crocodiles aiment les chansons ! Ou plutôt les chansons aiment les crocodiles. Quoi de meilleur en effet, pour ne pas avoir du sable dans la bouche que de répéter « Ah ! les cro-cro-cro les cro-cro-cro, les crocodiles ? »... Cette chanson a un petit côté militaire et a peut-être été une marche des soldats de « la coloniale ».

Ah ! vous dirai-je maman ?

Ah ! vous dirai-je, maman ?
Ce qui cause mon tourment ?
Papa veut que je raisonne
Comme une grande personne
Moi je dis que les bonbons
Valent mieux que la raison.

Cette copie d'une « bergerie » anonyme, faussement innocente et polissonne, de 1740, reprend au premier degré le ton naïf de son modèle : il n'y a plus de Silvandre (l'amant) et de tendre, mais des leçons et des bonbons !

Il était un petit navire

Il était un petit navire, *(bis)*
Qui n'avait ja-ja-jamais navigué,
Qui n'avait ja-ja-jamais navigué,
Ohé ! Ohé !

Refrain
Ohé ! Ohé ! Matelot,
Matelot navigue sur les flots
Ohé ! Ohé ! Matelot,
Matelot navigue sur les flots.

Il partit pour un long voyage, *(bis)*
Sur la mer Mé-Mé-Méditerranée,
Sur la mer Mé-Mé-Méditerranée,
Ohé ! Ohé !

Il était un petit navire

Cette chanson parmi les plus populaires du répertoire traditionnel, était à l'origine - peut-être dès le XVIᵉ siècle -, une chanson à caractère tragique et légendaire, où il était question d'un vaisseau fantôme qui ne pouvait aborder. Dans cette version, elle était

Au bout de cinq à six semaines,
Les vivres vin-vin-vinrent à manquer,
Ohé ! Ohé !

On tira z'a la courte paille,
Pour savoir qui-qui-qui serait
    mangé,
Ohé ! Ohé !

Le sort tomba sur le plus jeune,
C'est donc lui qui-qui-qui sera
    mangé,
Ohé ! Ohé !

On cherche alors à quelle sauce,
Le pauvre enfant-fant-fant sera
    mangé,
Ohé ! Ohé !

L'un voulait qu'on le mit à frire,
L'autre voulait-lait-lait le fricasser,
Ohé ! Ohé !

Pendant qu'ainsi l'on délibère,
Il monte en haut-haut-haut du grand
    hunier,
Ohé ! Ohé !

Il fait au ciel une prière,
Interrogeant-geant-geant
    l'immensité,
Ohé ! Ohé !

Mais regardant la mer entière,
Il vit des flots-flots-   flots
    de tous côtés,
Ohé ! Ohé !

Oh ! sainte Vierge ma patronne,
Cria le pau-pau-pauvre infortuné,
Ohé ! Ohé !

Si j'ai péché, vite pardonne,
Empêche-les de-de-de me manger,
Ohé ! Ohé !

Au même instant un grand miracle,
Pour l'enfant fut-fut-fut réalisé,
Ohé ! Ohé !

Des p'tits poissons dans le navire,
Sautèrent par-par-par et par milliers,
Ohé ! Ohé !

On les prit, on les mit à frire,
Le jeune mou-mou-mousse fut sauvé,
Ohé ! Ohé !

Si cette histoire vous amuse,
Nous allons la-la-la recommencer,
Ohé ! Ohé !

couramment chantée par les matelots. L'adaptation actuelle date du milieu du XIXe siècle. Elle est très connue au Portugal sous le nom de A nau Cathrineta, *et il en existe même une adaptation humoristique anglaise :* Little Billee.

Ainsi font, font, font

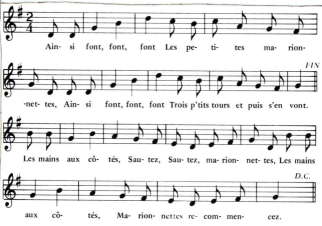

Ronde du XVe siècle dans laquelle on ne parlait pas de marionnettes, mais de gentes demoiselles.

Ainsi font, font, font
Les petites marionnettes,
Ainsi font, font, font
Trois p'tits tours et puis s'en vont.

Les mains aux côtés,
Sautez, sautez marionnettes,
Les mains aux côtés,
Marionnettes recommencez.

Ainsi font, font, font
Les petites marionnettes,
Ainsi font, font, font
Trois p'tits tours et puis s'en vont.

J'ai du bon tabac

J'ai du bon tabac dans ma tabatière,
J'ai du bon tabac, tu n'en auras pas.
J'en ai du fin et du bien râpé,
Mais ce n'est pas pour ton vilain nez.
J'ai du bon tabac dans ma tabatière,
J'ai du bon tabac, tu n'en auras pas.

Ces paroles sont de l'abbé Gabriel Charles de l'Atteignant, né à Paris en 1697, écrivain et poète.

Sommaire

Le bon roi Dagobert	3
Savez-vous planter les choux	6
Le pont d'Avignon	7
Frère Jacques	8
Meunier, tu dors	9
Au clair de la lune	10
C'est la mèr' Michel	12
Prom'nons-nous dans les bois	14
Il était une bergère	16
Alouette	18
Trois jeunes tambours	20
Gentil coqu'licot	22
J'ai perdu le do	24
Gouttelettes	26
Ah ! mon beau château	28
Mon père m'a donné un mari	30
Ah ! les Crocodiles	32
Ah ! vous dirais-je maman ?	34
Il était un petit navire	35
Ainsi font, font, font	38
J'ai du bon tabac	39